D0558921

Madame
BOUTE-EN-TRAIN

Collection MADAME

Mr. Men   Little Miss

Madame
BOUTE-EN-TRAIN

Roger Hargreaves

HACHETTE
Jeunesse

Madame Boute-en-Train était gaie
comme un pinson.

Toujours.

Tout le temps.

Continuellement.

Madame Boute-en-Train avait toujours
quatre idées en tête :

S'amuser.

Danser.

Faire la fête.

Et inviter beaucoup de monde à ses fêtes.

Un dimanche, beaucoup de monde se rendit
chez madame Boute-en-Train :

Monsieur Rigolo en rigolant.

Monsieur Endormi en bâillant.

Monsieur Maladroit en tombant.

Et monsieur Grand plié en deux.

Monsieur Étourdi ne s'y rendit pas :
il avait oublié qui l'avait invité !

– Ce n'est pas grave,
dit en riant madame Boute-en-Train.

Que la fête commence!

Elle posa un disque sur son électrophone.

Le disque tourna.

Et madame Boute-en-Train invita
monsieur Maladroit.

Il accepta de danser avec elle.

L'ennui, c'est qu'il lui écrasa le pied droit.

– Ce n'est pas grave, dit-elle en riant.

Puis elle courut inviter monsieur Endormi.

L'ennui, c'est qu'il s'endormit sur son épaule.

Et même qu'il l'écrasa à demi!

– Ce n'est pas grave! dit-elle en riant.

Une heure plus tard,
madame Boute-en-Train avait fait danser :

le rock et la samba,

le twist et la rumba,

le charleston et le cha-cha-cha
à tout le monde.

Alors elle entraîna tout le monde dans son jardin
pour faire une farandole.

Toutes les fleurs du jardin furent écrasées.

– Ce n'est pas grave !
dit madame Boute-en-Train.

Rentrons à la maison.

— Et faisons un peu de gymnastique,
ajouta-t-elle.

Pirouette avant, pirouette arrière!
continua-t-elle en montrant l'exemple.

Levons les bras, levons les jambes!

CRAC!

Le carreau de la fenêtre vola en éclats!

– Ce n'est pas grave, dit en riant
madame Boute-en-Train à monsieur Grand.

Et elle sauta sur la table
pour faire le clown
et amuser ses amis.

Mais personne ne rit.

Évidemment!

Tout le monde était épuisé.

Tout le monde s'était endormi.

– Ce n'est pas grave! dit en riant
madame Boute-en-Train.

Et elle continua à faire le clown.

Pour qui, puisque tout le monde dormait?

Eh bien, pour un petit oiseau
qui était entré par le carreau cassé!

Et pour qui encore?

Eh bien, pour toi
qui ne dors pas encore.

Mais ça ne devrait plus tarder.

RÉUNIS VITE LA COLLECTION ENTIÈR
DE **MONSIEUR MADAME...**

... UNE FRISE-SURPRISE APPARAÎTRA !

Conception et réalisation : Viviane Cohen
avec la collaboration d'Évelyne Lallemand pour le texte
Colette David et l'Atelier Philippe Harchy pour les illustrations
Dépôt légal : Avril 2008
ISBN : 978-2-01-224819-9 - Édition 06
Loi n° 49-956 du 16 juillet 1949 sur les publications destinées à la jeunesse.
Imprimé et relié en France par I.M.E.